To. 언제나 오늘이 처음인

_____에게

이 책을 드립니다.

From. _____

곰돌이 푸,
서두르지 않아도 괜찮아

언제나
오늘이 처음인
우리에게

곰돌이 푸,
서두르지 않아도
괜찮아

곰돌이 푸
원작

알에이치코리아

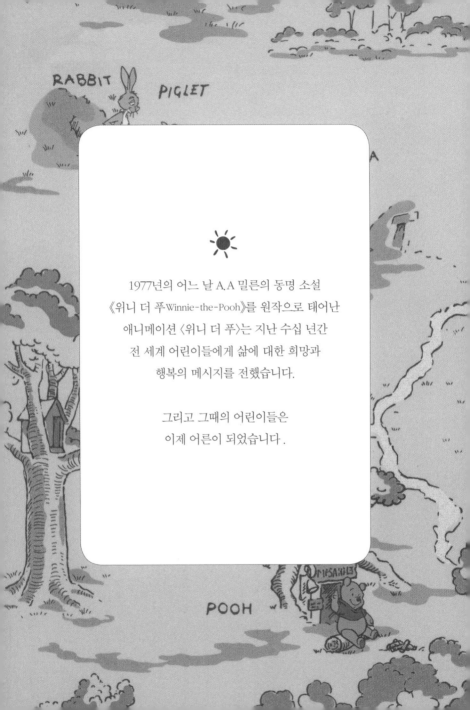

1977년의 어느 날 A.A 밀른의 동명 소설
《위니 더 푸Winnie-the-Pooh》를 원작으로 태어난
애니메이션 〈위니 더 푸〉는 지난 수십 년간
전 세계 어린이들에게 삶에 대한 희망과
행복의 메시지를 전했습니다.

그리고 그때의 어린이들은
이제 어른이 되었습니다.

강들은 알고 있어
Rivers know this

서두르지 않아도
There is no hurry

언젠가는 도착하게 되리라는 것을

we shall get there some day

곰돌이 푸처럼 단순하고 행복하게

느릿느릿 숲속을 걷고 있는 귀여운 곰 한 마리.
지금까지 얼마나 많은 사람이 그 곰과 함께 숲속을 거닐었을까요?

사실 푸는 그다지 영리해 보이지는 않습니다.
하지만 머리가 좋은 것이 그렇게 중요할까요?

시간의 흐름은 자꾸 새로운 것들을 만들어냅니다. 때로는 좋은 쪽으로, 때로는 나쁜 쪽으로. 살다 보면 언젠가는 어쩔 수 없다는 듯 그런 것들을 받아들이게 되는 순간도 있겠지요. 그러나 곰돌이 푸는 말합니다. 새로운 것을 받아들이는 것도 중요하지만, 우리의 마음을 들여다보게 해주는 것은 오래된 이야기 속에 담긴 삶의 지혜라고. 어린 시절 따뜻한 아랫목에 누워 까무룩 잠들 때쯤 들려왔던 할머니, 할아버지의 옛 이야기처럼 말입니다. 우리는 이러한 마음의 대화를 통해 점점 나의 삶과 관계의 깊이가 깊어짐을 느낍니다.

중국어 사전에서 '푸(pǔ)'를 찾으면 '樸(순박할 박)'이라는 한자가 나옵니다. '樸'이라는 글자는 '꾸밈없이 정직하고 단순한'이라는 의미입니다. 그야말로 딱 푸를 떠올리게 하는 말 아닌가요?
꾸밈없이 정직하고 단순한 삶의 태도.

그것은 푸의 이야기가 사람들에게 오랫동안 사랑받는 이유이기도 하지요. 디즈니 만화 속의 곰돌이 푸는 꾸밈없이 순수하고 진실한 마음으로 세상을 바라보고 생각하기 때문에, 어떤 일이든 해낼 수 있는 존재처럼 여겨집니다. 그런 푸우가 『논어』를 만났습니다. '인간으로서 자연스러운 행동을 하고, 타인에게 정직하며, 현상을 단순하게 인식해야 한다'라는 점을 친절하게 설명하는 책이죠.

푸의 친구인 피글렛은 이렇게 말합니다.

> "푸는 말이야, 머리는 별로 좋지 않지만
> 절대 나쁜 일은 하지 않아.
> 바보 같은 짓을 해도 푸가 하면 잘 돼."

이 책은 오늘날을 살아가는 우리에게 의미가 있는 지혜를 푸의 목소리를 빌려 이야기합니다. 그래서 푸의 이야기인 동시에 삶의 방식에 관한 가장 오래된 경전의 혜안이 담겨 있습니다. 말하자면 푸가 말하고 논어가 거드는 셈이지요. 부디 당신의 마음을 가만히 들여다보는 한 줄이 되면 좋겠습니다.

곰돌이 푸와 친구들

크리스토퍼 로빈

영리하고 배려심 있는
모두의 리더.

푸

로빈의 베스트 프렌드.
따뜻한 성격을 지녔으며
꿀을 아주 좋아하는 곰.

피글렛

상상력이 풍부한
작은 돼지.

이요르

무슨 일이든 부정적으로
생각하는 당나귀.

아울

수다스러운
할아버지 올빼미.

티거

활발하고 밝은 성격의
호랑이.

캥거&루

캥거루 모자.
아들을 끔찍이 사랑하는
엄마와 활달한 성격의 아들.

래빗

똑똑하며
조금 잘난 체하기를
좋아하는 토끼.

곰돌이 푸처럼
산다는 건 뭘까?

1

하나를 배우면 그다음은 행동이에요

뭔가를 배우고 그것을 실천하여 내 것으로 만드는 일은 매우 즐거운 과정입니다. 배운 것을 단순히 하나의 지식으로 '아는' 것과 그것을 실천으로 옮기거나 다른 사람에게 말로 전할 수 있을 정도로 '이해하는' 것은 완전히 다르니까요. 배운 것이 그대로 흘러가게 두지 말고 되새겨 내 것으로 만들어보세요.

한 사람이라도
진심을 주고받을
친구가 있나요

———

먼 곳에서 친구가 찾아오면 정말 기쁘겠지요. 삶의 목적
이란 무엇인지, 배움이란 무엇인지, 그런 진지한 이야기를
나눌 수 있다는 것은 얼마나 행복한 일인가요? 그런 친구
와 마음을 터놓고 대화하는 시간을 소중히 여긴다면 우리
의 인생도 풍요로워질 거예요.

분명한 목표가 있으면
삶의 자세도 변해요

━━━

분명한 목표가 있는 사람은 자제력을 잃거나 시간을
헛되이 쓰지 않아요. 그런 사람은 말만 늘어놓기보다
는 행동으로 먼저 보여주고, 벽에 부딪혔을 때도 성
공한 다른 사람들을 연구하며 자신의 단점을 고쳐나
갑니다. 그런 사람은 스스로를 매일 조금씩 고쳐나가
며 성장하고, 그렇게 어제보다 오늘 조금 더 나은 성
숙한 인간이 되어가죠.

느리더라도 조금씩
앞으로 걸어가봐요

"열다섯 살에 학문에 뜻을 두어 꾸준히 노력했으나, 자립할 수 있었던 것은 서른 살이 되어서였다. 시간이 흘러도 꾸준한 배움의 자세를 잃지 않은 덕에 마흔 살에는 형식에 얽매이지 않고 사고할 수 있게 되었다. 쉰 살이 되자 내가 무엇을 하기 위해 태어났는지 알게 되었고, 예순 살에는 다른 사람이 하는 말을 왜곡하지 않고 똑바로 이해할 수 있게 되었다. 내 마음이 원하는 대로 행동해도 사람의 도리를 벗어나지 않게 된 것은 일흔 살이 되어서야 가능해졌다."

공자가 말년에 자신의 인생을 돌아보며 한 말입니다. 역사에 이름을 남긴 성인도 천천히 그리고 조금씩 나아갔다는 사실을 기억하세요.

기뻐하는 마음으로 베푸는 삶

선행을 베푸는 사람을 보면, 왜 그런 행동을 하는지 살펴
보세요. 그 이유를 알았다면 그 사람이 기꺼이 베풂을 즐
기고 있는지 살펴보세요. 그러면 그 사람의 진짜 모습이
보일 겁니다. 남에게 보여주기 위해 억지로 하는 게 아니
라 자연스럽게 베풀고 싶은 마음을 가져보는 건 어떨까
요. 좀 더 행복해질 거예요.

곰돌이 푸,
서두르지 않아도 괜찮아

내일을 알고 싶다면
어제를 돌아보세요

눈앞이 막막하거나 다른 이의 힘든 마음이 전해
져 마음이 가라앉을 때는 힘든 감정에 묻혀 시야
가 좁아지기 마련입니다. 그런 때는 힘든 감정에
머물러 있지 말고 과거의 경험 혹은 역사, 현인들
의 말을 돌아보며 곰곰이 한번 생각해보세요. 앞
서 간 수많은 사람들이 실패해서 많이 괴로워했으
며, 그것을 극복하며 얻은 깨달음을 말과 글로 남
겨두었습니다. 그다음 사람이 똑같은 실패를 겪지
않아도 되도록 말이에요. 지난날을 살아온 사람이
만들어온 시간 속에는 오늘을 살아가는 우리에게
도 유용한 메시지가 아주 많이 남아 있습니다. 그
런 조언에 귀를 기울인다면 자연스럽게 해답을 찾
을 수 있을지도 몰라요.

곰돌이 푸,
서두르지 않아도 괜찮아

백 번의 말보다는
한 번의 행동

하고 싶은 말이 있다면 먼저 행동으로 보여주세요. 말을 내
뱉었으나 행동이 그 말을 따라가지 못하는 것은 안타까운
일입니다. 반대로 행동을 먼저 하면 말에 설득력이 생기죠.
당신의 이야기에 귀를 기울여주는 사람도 많아질 거예요.

곰돌이 푸.
서두르지 않아도 괜찮아

싫은 사람과도
잘 지낼 수 있나요

▬

항상 자신이 편한 사람하고만 어울린다면 생각이 더 넓어지기 어려워요. 비슷한 풍경은 우리에게 익숙한 편안함을 주지만, 그 풍경에만 머물러있다면 세상에 더 멋진 풍경이 많이 있다는 것을 알 수 없는 것처럼 요. 그래서 지혜로운 사람은 좋고 싫음에 상관없이 교제의 폭이 넓고 기본적으로 타인에게 호의적입니다. 자신에게 익숙한 사람만 찾지 않고요. 일단 타인을 향해 마음의 문을 열면, 늘 익숙하게 흘러가던 나의 일상에도 멋진 일이 생길지도 몰라요.

배운 것이 흘러가도록
두지 말아요

뭔가를 배웠다면 그것에 대해 한 번쯤 깊게 생각해
보세요. 그래야 그게 뭔지 진정으로 이해할 수 있
어요. 배움을 그저 배운 것에서 그친다면 일상의
수많은 생각들과 함께 흘러가버립니다. 생각하고
실천해야 비로소 배운 것을 몸에 익힐 수 있어요.
생각만 하고 배우지 않으면, 생각이 자라기 어려워
요. 배움으로 얻은 지식은 생각의 재료가 되어 내
가 독선적인 생각에 빠지지 않도록, 또 다른 길을
알려줍니다.

곰돌이 푸,
서두르지 않아도 괜찮아

내가 무엇을 모르는지 아는 일

살면서 자신이 무엇을 알고 무엇을 모르는지 알고 있나
요. 잘 안다고 생각했는데 정작 그것을 제대로 알고 있는
사람을 만나서 당황할 수도 있고, 이미 아는 것이라고 생
각해 더 자세히 알 수 있는 기회를 놓친 것일 수도 있죠.
내가 무엇을 모르는지 알고 있으면 배우고 싶은 의지가
생기기도 한답니다.

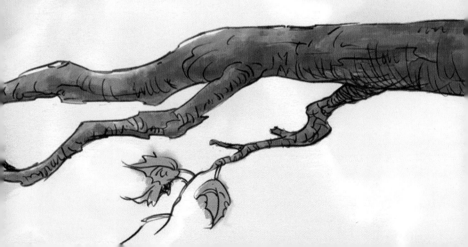

겉을 치장하기보다
솔직하게 진심을 전해요

━━

마음이 담기지 않은 형식적인 예의는 아무 의미도 없
습니다. 진심이 없으면 아름다운 노래나 탁월한 연주
라도 사람의 마음을 움직일 수 없는 것처럼요.

.

주변의 말에 휩쓸리지 말고
내 마음의 소리를 들어요

━━

마음을 담아 예의 있게 행동해도 가식적이라고
말하는 사람들이 있습니다. 그럴 때면 내 생각이
옳은지 아닌지 혼란스러워지지만 사람들의 말
에 휩쓸려 올바르게 행동할 때를 놓치지 마세요.

많은 사람과 어울려 살아가기 위해서는 어떤 마음가짐이 필
요할까요? 내 마음이 혼란스러운 상태에서는 아무리 노력
하고 고민해도 정말 중요한 걸 놓치기 쉽답니다.

내 마음을
먼저 돌보세요

곰돌이 푸, ─────
서두르지 않아도 괜찮아

끝없는 흔들림 속에서
중심을 잃지 않으려면

━━━

마음이 단단하지 않다면 삶이 힘들 때 바로 부정적
인 생각에 빠지고, 삶이 순조롭게 흘러가면 금세 자
만하기 쉽습니다. 내 마음을 온전히 들여다보는 사
람은 어떤 상황에서도 자신의 마음을 바탕으로 판단
하므로 중심을 잃지 않습니다.

나에게 솔직해지면
정말 소중한 것이
무엇인지 알 수 있어요

———

마음이 순수하고 솔직하지 않으면, 진심으로 사람
을 사랑할 수 없어요. 눈앞의 작은 이익에 마음을 빼
앗겨 자기 자신만 생각한다면 정작 소중하게 여겨야
할 사람을 알아보지 못하고 많은 것들을 놓치고 말
거에요.

간절한 마음으로
살다 보면

완벽한 사람을 꿈꾼다고 해서 어느 날 갑자기 180도 바뀌기는 힘들 거예요. 우리는 사람이기 때문에 가끔 작은 실수를 하기 마련입니다. 그래도 정말 간절히 바라며 계속 노력한다면, 내가 바라는 모습에서 크게 벗어나는 일이 줄어들 거예요.

즐거울 때도, 괴로울 때도
나를 놓지 말아요

우연히 마주친 행운 덕에 삶이 순조롭게 흘러간다고 해서 자만하거나 게으름을 피우면, 그 행운은 오래 머물지 않아요. 삶이 거센 파도에 부딪혀 흔들릴 때에도 자기 자신을 잃지만 않으면 언젠가는 그 위기에서 벗어날 수 있답니다. 즐겁든, 괴롭든, 어떤 상황에서도 자신의 마음을 지키는 이야말로 현명한 사람입니다.

진심으로 좋은 사람이
되고자 한다면

━━

주변 사람들을 사랑하고, 친구를 존중하며, 한결같이 겸허한 자세로 배우고자 하는 마음으로 살아가는 건 어려운 일입니다. 하지만 그런 사람이 되고 싶다고 굳게 다짐했음에도 능력이 부족하여 목표를 이루지 못한 사람은 없을 거예요. 진심으로 맑고 바른 마음으로 살아가기로 결심했다면, 당신의 마음은 이미 맑아지기 시작했을 테니까요.

지금 내가 걷고 있는 길을
소중히 여겨요

내가 해야 할 일과 앞으로 나아갈 길을 정확히 알면, 마음이
훨씬 더 가벼워질 거예요. 내가 걷는 길이 어디쯤인지, 어디
를 향하는지 모르면 불안해지고 방황하기 마련이니까요. 그
런 날이 언제 올지 알 수는 없지만, 그날을 위해 그저 나의 길
을 묵묵히 걸어가는 것은 매우 고단하지만 멋진 일입니다.

사소한 일에 너무 신경 쓰지 말아요

내가 어디로 나아가야 할지 진짜 나의 길을 찾고 싶다면, 주변의 잡다한 일이나 사람들의 시선을 지나치게 의식하지 마세요. 중요한 것은 내 삶의 목적이 어디인가입니다. 너무 많은 것들을 신경쓰다 보면, 목표를 향해 나아가려는 의지가 약해지기 쉬워요.

되돌아볼 줄 안다면
앞으로 나아갈 수 있어요

현명한 사람은 결과가 좋든 나쁘든 항상 자신을
되돌아봅니다. 어리석은 사람은 어떤 결과에도
돌아보지 않고 그저 편하게만 살고 싶어 합니다.
그런 사람은 앞으로 더 나아가기 어려워요.

항상 자신의 처지만 염두에 두는 사람은 다른 사람의 사
랑을 받기 어렵습니다. 사람은 혼자서 살아갈 수 없고 많
은 사람과 관계를 맺으며 사는데, 이기적인 사람 곁에 있
고 싶어 하는 사람은 아무도 없으니까요.

좋은 관계를 원한다면
먼저 상대를 생각해보세요

내 안에서 원인 찾아보기

다른 사람이 나를 알아주지 않는 것에 속상할 때가 있죠. 그럴 땐 탄식하기보다 먼저 내가 상대방에게 이해받을 수 있도록 노력했는지 한번만 생각해봐요. 나를 인정하지 않는다고 무작정 상대를 탓하거나 좌절하기보다 내가 정말 인정받을 만했는지 말이에요.

사람을 대할 때는
항상 정직해야 해요

사람은 누구나 자신이 처한 상황과 마주한 상대에
따라 순간적으로 판단하고 행동하면서 살아갑니
다. 그 모든 상황에 공통적으로 필요한 자세가 한
가지 있습니다. 그건 내 진심을 있는 그대로 알고,
자신을 속이지 않으며 사람을 대하는 것입니다.

마음의 여유가 있다면

어떤 일을 할 때 마음이 여유로운 사람은 '나를 위한 일인가'가 아니라 '내가 해야 하는 일인가'를 먼저 살핍니다. 자기 자신만 생각하는 사람의 주변에는 사람들이 하나둘씩 떠나고, 스스로 옳고 그름을 살피는 사람의 주변에는 많은 사람의 신뢰가 쌓입니다.

타인을 거울삼아
나를 비춰보세요

멋진 사람을 만났다면 그 사람이 왜 멋진지 한
번 생각해보세요. 절대 닮고 싶지 않은 싫은 사
람을 보면, 자신도 같은 행동을 할 때는 없는지
살펴보고요. 다른 사람을 보고 느낀 바를 스스
로 비춰보면 마음이 조금씩 자랍니다.

겉
보
다
는
안
을

갈
고
닦
는
것
이
중
요
해
요

———

세상에는 아름다운 시가 헤아릴 수 없이 많습니다. 내용은 다양
하지만 사람의 마음을 솔직하게 표현한다는 점은 모든 시의 공
통점입니다. 외모를 화려하게 꾸미고 번지르르한 말만 늘어놓는
사람이 진실한 마음을 가지기 어려운 것처럼, 온갖 미사여구로
꾸민 말보다는 마음을 있는 그대로 솔직하게 노래한 시가 더 감
동을 주는 법이죠. 어떻게 하면 화려한 말로 관심을 끌지 고민하
기보다 내 마음이 어떠한지 솔직하게 말할 줄 아는 용기를 갖는
것이 더 중요해요.

곰돌이 푸,
서투르지 않아도 괜찮아

말재주가 없어도 괜찮아요

━━

말재주가 있는 사람은 주변을 흥겹게 만들고, 별거 아닌 것도 그럴듯하게 보이는 힘을 가지고 있죠. 하지만 말재주가 없다고 해서 풀이 죽어 있을 필요는 없습니다. 사람의 마음을 움직이는 건 그런 말재주가 아니니까요. 말솜씨만으로는 마음의 거리를 좁히지 못한다는 것을 기억하세요. 먼저 자신의 마음을 잘 들여다보고 진심을 전한다면, 말재주는 없더라도 상대방도 그 마음을 느끼고 이해해줄 거예요.

언젠가는 당신의 가치를
알아주는 사람이 나타날 거예요

마음이 깨끗한 사람의 주변에는 저절로 사람들이 모입니다. 당신 곁
에 이미 좋은 사람들이 많다면, 당신은 미처 깨닫지 못했을지라도 당
신이 많은 매력을 가진 사람이라는 뜻이에요.

오늘이 가면

내일이 오고

2

배우고 때때로 익히면
기쁨이 됩니다

인생에 중요한 것을 배우고 계속해서 되새겨 몸에
익히는 과정은 무엇보다도 즐거운 일이에요.

때때로 내 능력이 남보다 부족하다는 생각이 들더라도 움츠러 들지 마세요. 부족한 부분을 느꼈다면 앞으로 채워나가면 됩니다. 오히려 '아직은 능력이 부족하지만, 언젠가는 나도 할 수 있어'라고 스스로에게 용기를 북돋아주면 어떨까요? 다른 사람과 비교하면서 괜한 질투심을 느끼기보다는, 나에 대해 정확히 알고 앞으로 나아갈 길을 찾는 행동이 내 삶을 훨씬 풍요롭게 만들어줄 거예요.

다른 사람과 비교하며
움츠러들지 말아요

마음이 달라지면
세상도 다르게 보여요

아무것도 하지 않고 의욕 없이 하루를 보내면 주변에서 일어나는 일을 적당히 넘기게 됩니다. 누군가의 진심 어린 말도, 멋진 풍경도 마음에 남지 않고 그대로 스쳐 지나가버리는 거죠. 그 어떤 말도 흥미롭게 들리지 않고 세상은 온통 빛이 바랜 듯 보일 거예요. 하지만 스스로 마음을 달리 먹으면, 보고 듣는 것의 의미를 이해하고 마음에 새길 수 있고 지금까지와는 다른 세상을 만날 수 있답니다.

곰돌이 푸, ———
서두르지 않아도 괜찮아

내가 하고 싶지 않은 일은
다른 사람에게 요구하지 말아요

✕✕✕✕

자신이 하고 싶지 않은 불쾌한 일을 다른 사람에게
떠넘기지 않는 건 말처럼 쉽지 않아요. 그러나 이런
태도로 하루하루를 살아가는 것은 특히 나 자신에
게 좋은 영향을 줄 거예요. 해보지 않은 일을 함으
로써 나를 새롭게 발견할 수 있고, 또 그것을 계기
로 나에 대한 사람들의 태도와 시선이 달라지는 것
을 느낄 테니까요.

나이가 들어서도 꾸준히 배우고, 모르는 것은 부끄러워하지 말고 물어보세요. 쉽지 않은 일이겠지만 계속해서 성장하고 시간의 흐름에 발맞춰 나가기 위해서라도 꼭 필요한 일입니다.

배움을 멈추지 말아요

지금 생각하는 것을
행동으로 옮겨보세요

오랫동안 생각만 해온 일이 있나요? 무언가를 시작할 때
신중하게 돌다리를 두드려보는 것도 좋아요. 하지만 생각
만 하다 아무것도 결정하지 못하거나 이리저리 고민만 하
면서 불안해하는 건 별로 도움이 되지 않아요. 직접 행동해
보고 나서야 비로소 답이 보이는 것들도 있습니다.

오래된 사이일수록
처음의 감정을 기억해요

━━

사람을 오래 사귀다 보면 나도 모르게 익숙하고 편
안해져 사소한 배려를 잊거나 불성실한 태도로 대하
는 경우가 있습니다. 관계를 소중하게 여기는 마음이
작아지면, 예전에는 쉽게 뛰어넘을 수 있었던 관계의
장벽 앞에서도 쉽게 무너지고 말죠. 서로에 대한 신
뢰가 쌓인 편안한 관계와 상대에게 의존하여 자기만
생각하는 관계는 전혀 다르답니다.

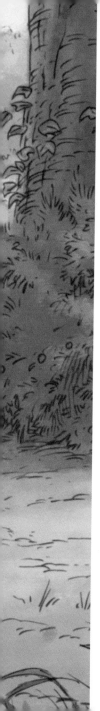

다른 사람을 용서하면
나도 더 행복해집니다

기분 나쁜 일을 당해서 화가 났나요? 혹시 그 사람이
반성하고 생각을 바꾼다면 용서해주는 게 어떨까요.
그도 당신에게 무척 고마워할 거고, 당신도 기분이 좀
나아질 거예요. 그런 일을 오래 끌면 끌수록 별로 유쾌
하지 않은 과거에 계속해서 얽매이게 될 수도 있어요.
내 마음을 굳이 불행으로 밀어 넣을 필요가 있을까요?

곰돌이 푸,
서두르지 않아도 괜찮아

타인에게는 너그럽게,
나에게는 엄격하게

다른 사람의 사소한 일에는 신경 쓰지 않
는 너그러운 마음을 가진 사람에게 상대
방은 편안함을 느낍니다. 하지만 나에게
도 지나치게 관대하면 내가 무엇을 잘못
했는지 깨닫기 어려워요. 다른 사람의 작
은 실수는 눈감아주세요. 대신 내가 같은
잘못을 하지 않도록 조심하면 어떨까요.

다른 사람의 행복은
나에게도 전해져요

━━━

내게 무엇이 득이 될지 생각하기에 앞서 어떻게
하면 모두가 즐겁고 행복할 수 있을지 생각하는
사람. 무심코 한 행동이 주변을 웃음으로 가득 차
게 만드는 사람. 그런 사람은 정말 멋져요. 자연
스럽게 행복을 전파하는 그런 사람들은 자기 자
신도 정말 행복해 보이거든요.

가만히 마음을 열어보아요

——

집을 드나들 때는 문을 열고 현관을 지나야 하듯이 사람
과의 관계에서도 반드시 거쳐야 하는 문이 하나 있습니
다. 바로 세상을 향해 있는 마음의 문이에요. 문 안쪽의
내 마음은 살피면서 바깥 세계를 향한 마음의 문은 살짝
열어두세요. 배려하고 존중하며, 장점을 배우려는 열린
마음은 누구에게나 전해질 거예요.

즐거움과 행복은
마음속에 있어요

가난한 집에 변변치 않은 식사, 다른 사람이 보기에
는 불행해 보이는 일상에서도 즐거움과 행복을 발
견하는 사람들이 있습니다. 그들은 행복이 무엇인
지 잘 알고 있는 사람이지요. 행복은 우리 마음속에
있기에 다른 사람이 판단할 수 없는 거라는 것을요.

일단 해보고 나서 생각해도
늦지 않아요

━━━

해보지도 않고 '난 못해. 역부족이야'라고 습관적으로
선을 긋고 있지는 않나요. 정말 나의 능력이 부족한
것이라면 최선을 다해도 도저히 해낼 수 없어 결국 포
기하게 되겠지요. 하지만 해보지도 않고 못한다고 한
탄하는 건 스스로의 가능성을 좁히는 일일뿐이에요.
일단 해보고 나서 생각해요. 그래도 늦지 않거든요.

마음이 잡히지 않을 때는
마음의 소리에
귀 기울여보세요

우리는 원래 자신의 마음에 거짓말을 하면서는 살아
가지 못하는 것이 아닐까요. 잠잘 곳과 먹을 음식만 있
다면 어떻게든 생명은 유지하며 살아가겠지만, 그것을
진정한 삶이라고 말할 수 있을까요. 내 마음의 소리를
정확히 듣고 그에 따라 살아간다면 분명 나만의 진정
한 행복에 다다르는 길을 찾을 수 있을 거예요.

어떤 일이건 진심으로 즐겨야
제대로 이해할 수 있어요

━━

'할 수 있다'라는 말은 그저 의지를 북돋기 위해 모양
만 흉내 내는 말일 수도 있습니다. '좋아한다'라는 말
은 사실 겉만 보고도 할 수 있지요. 하지만 '즐긴다'라
는 말은 실제로 해보고 나서 다양한 깨달음을 얻은 뒤,
그것을 진심으로 바라고 원하게 되었다는 뜻이에요.

곰돌이 푸, ──────
서두르지 않아도 괜찮아

말의 파도에
휩쓸리지 않기 위해서는
공부가 필요해요

세상에는 옳은 것을 틀렸다고 말하거나 의미조차 모르는 말
을 부끄러워하지도 않고 툭 내뱉는 사람이 많습니다. 대체
로 그런 말들은 파도처럼 우르르, 나를 쓰러뜨릴 듯이 거세

게 몰려옵니다. 그런 무책임한 말에 현혹되어 휩쓸려가면 힘
이 들기 마련이에요. 그러지 않으려면 더 많이 배우고 한번
씩 뒤를 돌아보며 좋은 말에 귀를 기울여야 하죠.

좋은 책에는
인생의 지혜가 담겨 있어요

━━━

좋은 책을 읽고 좋은 음악을 즐기면서 익힌
지식이나 감정을 생활 속에서 실천해보세요.
꿈꾸는 이상적인 모습에 조금씩 다가갈 수 있
을 거예요.

어떤 것에도
치우치지 않는 태도가
진실을 보여줘요

두 가지 의견이 충돌할 때는 한쪽에 치우쳐 판단하지
말고 균형감 있는 자세로 양쪽 의견을 모두 듣고 곰곰
이 생각해보세요. 그러면 양쪽의 의견에 공통되는 좋
은 점이 보이거나 두 의견을 절충할 새로운 방법을 발
견할 수 있을 거예요. 뭔가를 볼 때 좋은 면과 나쁜 면
을 함께 봐야 본질을 알 수 있어요. 중용의 마음으로
세상을 보는 것은 영원히 변하지 않는 진리를 찾는 방
법이에요.

편안하게 웃을 수 있다는 건

—

특별히 뭔가를 하고 있지 않을 때는 몸의 긴장을 풀고 편한
자세로 있어보세요. 표정도 평온하고 부드럽게 하면 더 좋아
요. 불필요하게 몸에 힘을 주지 않으면 마음이 느긋해지고, 그
마음이 또 다시 편안한 자세와 평온한 표정을 만들어줍니다.

어려운 일에
도전하는 것만으로
큰 의미가 있어요

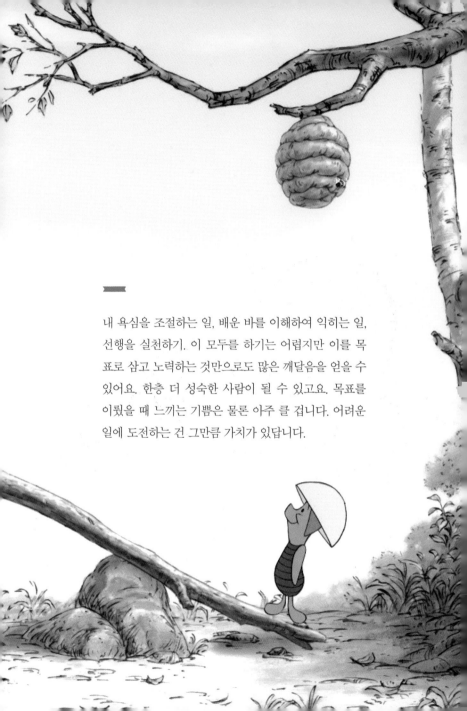

내 욕심을 조절하는 일, 배운 바를 이해하여 익히는 일,
선행을 실천하기. 이 모두를 하기는 어렵지만 이를 목
표로 삼고 노력하는 것만으로도 많은 깨달음을 얻을 수
있어요. 한층 더 성숙한 사람이 될 수 있고요. 목표를
이뤘을 때 느끼는 기쁨은 물론 아주 클 겁니다. 어려운
일에 도전하는 건 그만큼 가치가 있답니다.

모든 것은 한 번의 굳은 결심에서 시작돼요

어떤 사람이 되고 싶나요? 어떤 삶을 살아가고 싶나요? 충분히 고민했다면 굳게 결심해보세요. 그런 다음 내가 나아갈 방향을 정해 걷기 시작하면, 마음은 안정되고 여유로워질 거예요.

누구나 행복을 꿈꾸고 풍요로운 생활을 원하죠. 그런데 사실 행복을 결정짓는 것은 우리가 사는 인생 그 자체가 아니라 마음이에요. 다른 사람들이 말하는 행복의 조건이나 겉으로 보이는 행복은 하늘을 떠도는 구름과도 같습니다. 그걸 잡으려고 하면 아무리 애써도 잡을 수 없거나, 손에 닿아도 금방 사라져버리고 말 거예요.

겉으로 보이는
타인의 행복에
흔들리지 마세요

새로운 인생을
살아보고 싶다면

———

아무리 뛰어난 사람이라고 할지라도 태어날 때부터
모든 세상사를 이해하는 사람은 없을 겁니다. 비범한
능력을 가지고 태어난 사람도 책을 통해 타인의 인생
을 경험하고, 주변 사람들에게 배움을 채우고, 스스로
사고하는 노력을 꾸준히 쌓아나간 뒤에야 비로소 세
상의 이치가 보이기 시작합니다.

모든 사람이
스승이 될 수 있어요

학교에서 공부를 가르치는 사람만이 스승인
건 아니에요. 말과 행동이 훌륭한 사람이 주
위에 있다면 그에게서도 많은 걸 배울 수 있
죠. 생각이 얕은 사람을 보면서도 내가 똑같
은 실수를 하지는 않았는지 반성할 기회를 얻
을 수 있고요. 훌륭한 사람도, 어리석은 사람
도, 모두 우리 인생의 스승이 될 수 있어요.

사랑을 소중히 여기세요

사랑은 먼 곳에 있다고 생각하나요? 사랑은 멀리 있지 않아
요. 늘 우리 주변에 머물고 있습니다. 누군가를 사랑하는 마
음을 소중히 여기는 사람에게는 언제나 따뜻한 애정이 흘러
넘치거든요.

모르는 것은
모른다고 말하는 용기

모르는 건 부끄러운 일이 아니지만 모르면서 마치
아는 듯 행동하는 것은 부끄러운 일이에요. 또한
상대방을 거짓으로 대하는 일이기도 합니다. 모르
면 아는 사람에게 배우면 되고, 그러면 전문가처럼
은 아닐지라도 그 못지않은 사람이 될 수 있어요.

현명한 사람은
주위를 환하게
만들어요

성격이 온화하고 너그러우며 매사에 당당하면서도 거만하
지 않은 사람. 예의 바르지만 딱딱한 인상을 풍기지 않는 사
람. 이런 사람들과 함께 있으면 분위기가 환해집니다. 이런
이들은 중용의 마음을 지닌 사람이에요.

옳은 일이라도 지나치면
의미가 없어요

상대방을 지나치게 치켜세우면 서로 마음
이 불편해져요. 반대로 칭찬하는 데 지나
치게 인색하면 관계가 깊어지지 못합니다.
용기가 지나치면 난폭해질 수 있고요. 내
생각을 너무 강조하려고 하다 보면 제멋대
로 행동하게 되고, 그 결과로 좋은 의도가
무색해질 위험도 있어요. 세상에는 옳은
일이나 중요한 일이 아주 많지만, 그런 일
들을 행동으로 옮길 때 도에 지나치지 않
았는지 스스로를 돌아보는 것이 중요해요.

삶은 한 발 한 발
나아가는 길고 긴 여정

배움의 목적은 한평생 자신의 마음을 끊임없이 갈
고닦는 것입니다. 그것은 끝이 없는 길고 긴 여정
이고, 앞으로도 나아가야 할 길은 한참 남았으니
사소한 일로 끙끙대지 말고 조금 느긋한 마음으로
한 발 한 발 걸어나가요.

인생의 가장 큰 비밀은
마음속에

3

의견을 나눌 때는
상대방을 잘 알아야 해요

무엇을 비판하고자 할 때는 그것에 대해 잘 파악하고 있어야 합
니다. 무슨 일이든 직접 해보지 않고 다 안다고 확신하는 것은 어
리석은 일이니까요. 겉으로 보이는 것과 안에서 직접 부딪히는
상황이 전혀 다른 경우도 있지요. 그러니 의견을 제시할 때는 내
생각이 합리적인지 신중하게 살펴볼 필요가 있어요. 내가 알지
못하는 상황이 있을 수 있다는 것을 잊지 않으며, 상대에 대한 존
중과 애정을 가지고 의견을 말하세요.

남들이 뭐라 건
내 길을 간다면

━━━

현명한 사람은 다른 사람이 자신을 이해해
주지 않더라도 마음에 담아두지 않습니다.

눈코 뜰 새 없이 바쁘고 해야 할 일이 산더미라서 정작 하고 싶은 일은 하지 못하는 괴로운 나날을 보내고 있진 않나요? 기억해요. 이럴 때 열심히 노력한 대가는 나중에 어떤 식으로든 반드시 내게 돌아온다는 걸요. 내 노력으로 위기를 극복하면 자신감을 얻을 수 있고, 원했든 원하지 않았든 한번 경험해서 익힌 지식과 기술은 나의 가능성을 높여주니까요.

지금 노력한 대가는
언젠가 나를 찾아올 거예요

의지는 다른 사람이
빼앗을 수 없어요

지위는 임명하는 사람이나 평가하는 사람이 있기에
존재하는 것이라서 타인에 의해 얻거나 잃을 수 있습
니다. 하지만 의지는 다른 사람의 말에 휩쓸려 세운 가
짜가 아니기에 마음속에 있죠. 그러니 스스로 굽히지
않는 한 결코 남에게 뺏기지 않습니다.

곰돌이 푸, ─────
서두르지 않아도 괜찮아

작은 노력이 쌓여
만들어지는 행복

꾸준히 노력하는 것은 허허벌판에 조금씩 흙을 쌓아 올려 큰 산을 만드는 것과 같습니다. 딱 한 바구니의 흙만 더 올리면 되는데, 그만 지쳐 포기해버린 것은 아닌가요. 타의가 아니라 자의로 말이지요. 산이 높아질수록 점점 더 힘들어지고 지쳐서, 조금만 더 하면 완성된다는 사실을 미처 깨닫지 못한 건 아닌지요. 작더라도 조금씩 내딛는 한 걸음이 꾸준히 행복으로 가는 길을 내고 있다는 걸 기억하세요.

곰돌이 푸, ─────
서두르지 않아도 괜찮아

의지와 지식과
용기가 모여서

나를 성장시키려는 의지는 배움의 자세를 만들어줍니다. 하지만 의욕만으로는 충분하지 않아요. 깊은 생각은 재료인 지식이 필요하고, 포기하지 않고 꾸준히 노력하기 위해서는 용기가 필요합니다. 앞으로 나아가는 속도가 남들보다 느리더라도 불안감에 꺾이지 않는 굳센 마음을 말이에요. 예전의 방식을 바꾸는 것은 두려운 일이겠지만, 더 좋은 대안을 찾으면 두려워 말고 방법을 바꿔보세요.

무엇을
소중히 여기는지가
그 사람을 보여줘요

━━

그 사람이 무엇을 소중하게 여기는지를 살펴
보면, 그가 어떤 사람인지 알 수 있습니다. 위
기가 닥쳤을 때 다른 이의 안부를 먼저 생각하
는 사람도 있고, 잃어버린 돈을 생각하는 사람
도 있을 거예요. 누구나 돈의 중요성을 잘 알
고 있지만, 사람을 먼저 생각하는 사람은 다른
사람들의 안부를 확인하기 전엔 아마 돈에는
신경조차 쓰지 않을 겁니다.

곰돌이 푸, ━━━━
서두르지 않아도 괜찮아

무엇을 위한 것인지
잊지 말아요

―

마음을 솔직하게 표현한 음악을 들어봤다면 뛰어난 기
교나 화려한 무대의상으로 눈속임을 한 음악을 부족하
게 느낄 겁니다. 음악의 본래 목적은 마음을 전하는 것
이며, 그 외의 다른 것들은 모두 수단이죠. 어떤 일이
든 목적과 수단이 뒤바뀌면 본질이 가진 힘을 잃는다
는 것을 기억하세요.

사소하지만
내가 할 수 있는
작은 일부터

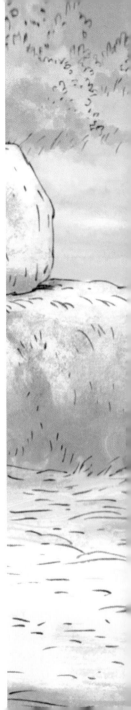

주변의 작은 일조차 해결하지 못하는데, 어떻게
드넓은 세상에 나가 내 몫을 감당할 수 있을까
요? 눈앞의 일도 어쩌지 못하면서 어떻게 먼 곳
을 볼 수 있을까요? 하루하루가 힘들고 지금 내
모습에도 만족하지 못한다면, 현실을 벗어난 다
른 문제에 정신을 빼앗기기 마련입니다. 대부분
시간만 뺏길 뿐 아무리 생각해도 답이 없는 문제
들이죠. 이런저런 생각을 하는 것도 필요하지만
일단은 내가 할 수 있는 주변의 작은 일부터 제
대로 해내는 것은 어떨까요.

어쩔 수 없다는 것을 알면서도
신경이 쓰일 때는

———

세상에는 아무리 애써도 자신의 힘으로는 도저히 해결할 수 없는 일들이 있습니다. 안타까워해도 방법이 없지요. 떨쳐버리려고 해도 그 일이 자꾸 신경 쓰인다면, 그 일이 왜 그렇게 마음이 쓰이는지 내 마음부터 들여다봐야 합니다. 뭔가를 얻기 위해서인지 혹은 누구에게 인정받기 위해서인지. 내 마음을 알면 내가 지금 할 수 있는 것을 찾아 실천하면서 조금씩이라도 자신과 주변을 바꿔보세요. 한탄만 하며 전전긍긍하기보다는 조금씩이라도 앞으로 나아가는 편이 나으니까요.

마음을 다해 나아갈 길

아무리 노력해도 사람의 힘으로는 닿을 수 없는 곳만 바라보고 있다면, 그곳에는 마음을 붙일 곳이 없습니다. 마음을 다해 노력해도 구체적인 목표지점이 보이지 않는다면 사소한 위기에도 갈팡질팡하게 되죠. 하지만 무슨 일이 일어났을 때, 마음을 다해 나아갈 목표가 확실하다면 그곳에 마음을 의지할 수 있어 방황하지 않을 거예요.

마음을 움직이고 싶다면
먼저 행동으로 보여주세요

━━

자극적인 표현이나 우격다짐으로 사람의 마음
을 바꾸려고 해도 생각처럼 쉽지 않아요. 그럴
때는 내가 먼저 행동으로 보여주세요. 고민에
빠진 사람의 마음은 바람에 흔들리는 들풀과
같아요. 당신의 행동이 바람이 되어 들풀을 어
루만지며 위로하면 진심이 전해질 것입니다.

친구를 사귄다는 것은
자기 자신과 마주 보는 일이에요

친구는 서로에게 좋은 영향을 주는 관계여야 합니다. 만약 상대방이 잘못을 저질렀다면 마음을 담아 알려주세요. 상대방이 받아들이지 않을 때는 한 발 물러나 생각할 시간을 주세요. 너무 집요하게 지적하면 진심이 상대방에게 닿기도 전에 왜곡되기 쉽습니다. 또 찬찬히 생각하다 보면 상대방도 생각을 바꿀 수도 있겠지요. 그리고 말하는 사람 역시 자신의 말투나 표현이 적절했는지 되돌아봐야 합니다.

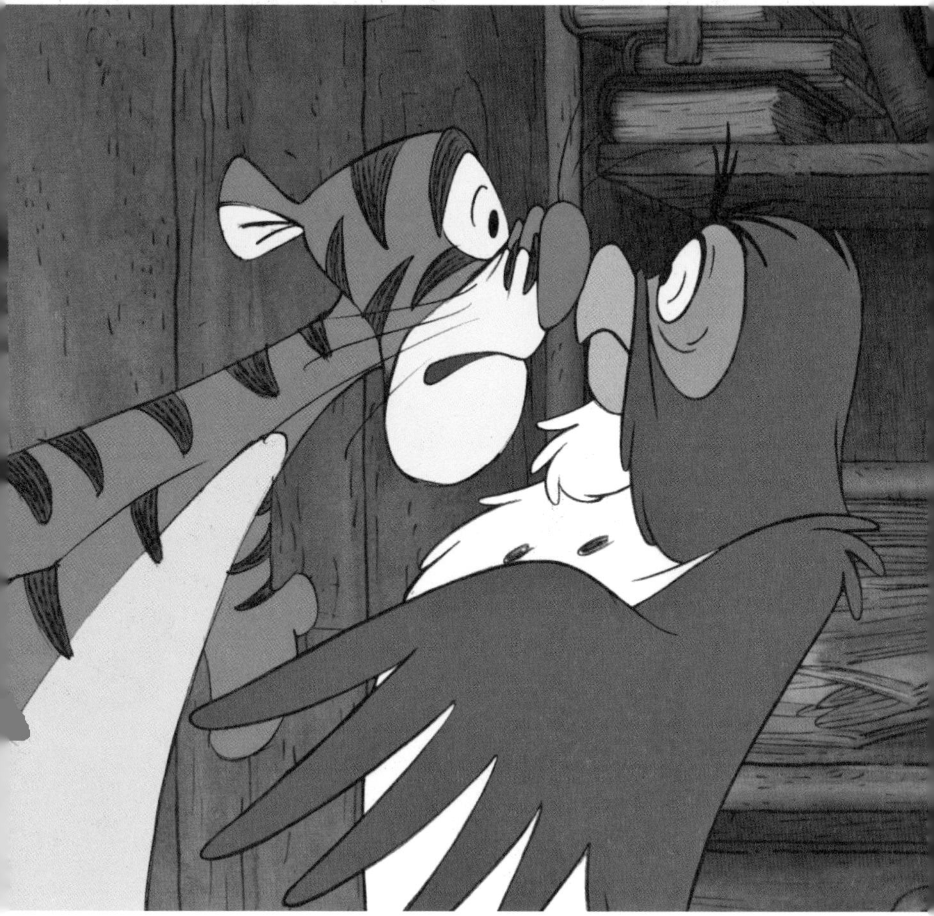

일관적인 태도가
내 모습을 지켜줄 거예요

━━

지금보다 더 좋은 사람이 되고 싶나요? 그
렇다면 주변에 휩쓸리지 않는 단단한 마음
을 가져야 해요. 그러기 위해서는 항상 예
의를 지키고 신중하게 행동하며, 격의 없
이 친구를 대할 때도 성실한 태도를 잃지
않도록 해야 해요. 간혹 예의 없고 제멋대
로 행동하는 무리에 둘러싸여 있을 때도
원래 모습을 지킬 수 있어야 합니다.

다수의 의견이 항상 옳다고
단정할 수는 없어요

————

세상 사람들의 목소리, 즉 여론은 언뜻 공평하고
옳은 말처럼 보일 수 있습니다. 그러나 정말 그럴
까요? '의견을 말하는 사람 각자가 옳은 판단을
내릴 수 있는 사람인가?' 하는 문제도 중요해요.
각자의 사정과 인격을 일일이 알기 어렵기도 하
죠. 그러니 다수의 의견이라고 해서 항상 옳다고
믿을 필요는 없어요.

상대방을 진심으로
위한다면 때로는
따끔한 충고도 해야 해요

—

소중한 사람에게는 좋은 말만 하고 좋은
기억만 만들어주고 싶죠. 하지만 그것만
으로는 안 됩니다. 그 사람의 실수로 여
러 사람이 고생한다면, 무엇을 잘못했는
지 정확하게 알려주세요. 소중한 사람에
게도 때로는 엄격해져야 더 좋은 관계로
발전할 수 있어요.

힘든 때일수록 더욱
주변 사람들을 사랑하세요

―

인생이 순조롭게 흘러갈 때, 신중한 태도로 살아가는 것은 어느
정도의 절도와 자제력만 있으면 그다지 어렵지 않습니다. 하지
만 역경에 부딪히고도 세상과 주변 사람들을 탓하지 않으며 온
화한 마음으로 살아가는 것은 쉽지 않아요. 힘들 때도 평소와
다름없이 행동할 수 있다면 당신은 분명 좋은 사람이에요.

 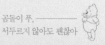

스스로 생각하고 실천한 일은
몸에 자연스레 새겨져요

아무리 많이 배워도 머리로만 익히면 금방 잊어버리고 말
죠. 하지만 살아가면서 마주할 다양한 상황 속에서 배운
것을 어떻게 활용할 수 있을지 깊이 생각하고 실천하면,
자연스럽게 내 몸에 익어 오래도록 기억할 수 있어요.

대화를 나눌 때는
먼저 상대의
마음의 문을 여세요

대화를 나눌 때는 상황에 따라 적절하게 반응해야 합니다. 상대방이 마음의 문을 열고 들을 준비가 되었다면 진실된 이야기를 나눌 수 있습니다. 하지만 상대방의 마음이 아직 닫혀 있을 때는 억지로 말하게 하려 하지 마세요. 무리하게 말해봤자 상대방에게 닿지 않을뿐더러 이미 닫힌 마음의 문을 굳게 걸어 잠그게 만들 뿐이니까요.

가끔은 멀리
그리고 넓게 보아요

나와 상관없어 보이는 일이라도 관심을 가지고 생각해볼 필요가 있어요. 같은 일이 나의 주변에서도 일어날 수 있으니까요. 물론 지금 당면한 문제만으로도 벅차고, 나와 관계없는 일로 고민하는 시간이 아깝다고 생각할지도 모릅니다. 하지만 세상에는 자신과 완전히 그리고 영원히 무관한 일은 별로 없습니다.

생각을 감추지 않고 솔직하게 말해주는 친구가 옆에 있으면, 실수를 하더라도 그 친구가 금방 알려줄 겁니다. 성실하고 믿을 수 있는 친구가 있으면, 나 자신도 그런 사람이 되기 위해 노력하게 될 거고요. 지식의 폭이 넓은 사람을 친구로 두면, 내 지식도 풍부해질 거예요.

솔직하게 말해주는 이가
진정한 친구예요

다툼을 넘어서면
관계가 더 깊어져요

━━━

내 의견을 굽히지 않고 옳다고 믿는 일을 끝까지 해내려고 하다 보면, 누군가와 부딪히거나 다른 사람에게 이해받지 못하여 괴로워질 때가 있죠. 때로는 상대가 아주 가까운 사람인 경우도 있습니다. 우리는 누구나 각각 다른 존재이기 때문에, 당연히 서로를 이해하는 데 시간이 걸립니다. 상대방의 성격을 잘 파악하고 스스로를 가만히 돌아보세요. 그렇게 하다 보면 조금씩 서로에게 도움을 줄 수 있는 관계로 깊어질 수 있을 거예요.

한번 넘어졌다고
늦은 것은 아니에요

━

태어나면서부터 사물의 이치를 깨달은 사람은 누구보다 훌
륭하다고 말할 수 있겠지요. 스스로 배우고 이해하고자 노력
하는 사람은 그다음으로 훌륭한 사람입니다. 또한 앞이 막막
하여 괴로워하다 배우고자 결심한 사람은 그다음으로 훌륭
한 사람입니다. 다만 훌륭하지 못한 사람은 길이 보이지 않
는다고 불평만 하며 찾으려는 노력도 배우려는 시도도 하지
않는 사람입니다. 그런 사람은 결국 자신도 모르는 사이에
남들보다 뒤처져 레인 밖으로 나가고 말 거에요.

곰돌이 푸, ─────
서두르지 않아도 괜찮아

우리 주위에는 매일
반성의 씨앗이
여기저기 널려 있어요

현명한 사람은 매일 아홉 가지 생각을 하며 하루를 보낸다
고 합니다. 볼 때는 놓치지 않고 분명하게 보고, 들을 때는
흘려듣지 않고 정확하게 들어보세요. 표정은 따뜻하게 하
고, 자세는 조심성을 잃지 않으며, 말에는 진심을 담고, 일
할 때는 신중하게 하며, 의문이 생기면 명확하게 밝힙니다.
화날 때는 다툼을 피하고, 뭔가를 얻을 때는 그것이 옳은
것인지 생각해보세요.

나의 가치를 쉽게
단정 짓지 마세요

갓 태어난 아기들의 인성은 별 차이가 없습니다.
그 후에 무엇을 배우고 익혔는지에 따라 큰 차이
가 생겨나죠. 결국 내 선택이에요. 앞이 막힌 채
궁지에 몰렸어도 의지가 있다면, 분명 좋은 방향
으로 나아갈 수 있을 거예요.

사람의 말이 아니더라도
깨달음을 주는 것은 많아요

배움에 반드시 말이 필요한 것은 아닙니다. 자연을 한번 가만히 들여다보세요. 자연은 아무 말도 하지 않지만, 분명 쉼 없이 일하고 있습니다. 그 모습을 보면 많은 것을 느낄 수 있지 않나요?

올곧은 마음은
무엇을 해야 할지 알려줘요

▟▙▟

마음의 미덕이란 내 안에 올곧게 선 마음을 말합니다. 마음의 미덕을 갈고닦기 위해서는 역시 배움이 필요합니다. 좋은 책을 많이 읽고 현명한 사람과 많은 이야기를 나누고 깊이 생각해야 합니다. 미덕이 몸에 배지 않은 사람은 의지가 강한 것과 제멋대로 행동하는 것을 구분하지 못합니다. 애정이 넘치는 사람이 되고 싶지만, 사실은 정에 이리저리 휩쓸리는 어리석은 사람이 되기 십상이지요.

앞을 향해 나아가면서
가끔은 뒤를 돌아보세요

━━

매일매일 새로운 것을 받아들이는 동시에 가끔은 뒤를 돌아보
면서 이미 익힌 것을 잊지 않도록 해봐요. 이런 자세로 하루하
루를 살아간다면 기쁨도 느낄 수 있고, 어떤 방향으로든 자랄
수 있어요. 지금 당장 이런 일이 자연스럽지 않다고 해도 조금
씩 의식하는 걸로 충분해요. 자신의 성장을 매일 조금씩 느끼
다 보면 틀림없이 배움의 기쁨을 알 수 있을 거예요.

모자라지도 넘치지도 않는
정도를 아는 관계

친구가 잘못했을 때 반성하기를 바라는 마음에서 일부러 거리를 둔
적이 있나요? 친구가 걱정되어서 꺼내기 힘든 말을 해야 할 때도 있
지요. 진심으로 친구를 소중하게 생각한다면, 내가 조금 괴롭더라도
피하지 마세요. 지나친 것은 좋지 않지만, 그때그때의 상황과 중용 즉
모자라지도 넘치지도 않은 정도를 잘 생각해서 움직이면 됩니다.

좋은 관계는
신뢰를 바탕으로 만들어져요

다른 사람에게 부탁하거나 하기 어려운 말을 해야 할 때는 먼저 상대방이 나를 신뢰하고 있는지부터 살펴보세요. 신뢰가 없는 사이에 어려운 일을 부탁하면 상대는 자신을 무시하거나 괴롭힘을 당한다고 생각해서 불쾌해할지도 모릅니다. 또한 신뢰가 없는 상태에서 상대의 실수를 알려준다면 그는 몹시 기분이 나빠질 거예요. 혹시 상대가 내 예상과 다른 반응을 보인 적이 있나요? 그럴 때 내가 신뢰받고 있는지부터 살펴보세요.

곰돌이 푸, ─────
서두르지 않아도 괜찮아

하루를 마무리할 때
세 가지 질문을 해보세요

하루를 마치며 나에게 이런 질문 세 가지를 해보세요.
'다른 사람을 위해 일할 때 진심을 다했는가?'
'친구를 대하는 태도는 성실했는가?'
'배우고 공부한 바를 확실하게 익혔는가?'

소중한 사람은
언제나 우리 마음속에 있어요

소중한 사람과 만날 수 없다면, 그 사람과 함께 있었
던 시절과 똑같은 모습을 그대로 유지해야 합니다.
그 사람이 곁에 없어도 자신을 지켜보고 있지 않아도
항상 변하지 않는 마음으로 살아간다면, 상대방을 소
중히 여기는 내 마음도 언젠가는 전해질 거예요.

책을 마치며

월트 디즈니의 딸 다이앤은 동화책 《곰돌이 푸》를 아주 좋아했다고
합니다. 아이들이 《곰돌이 푸》를 읽으면서 너무도 즐거워하는 모습을
본 디즈니는 언젠가 이 책을 자신의 손으로 영화화하고 싶다고 생각
했습니다. 그리고 오랫동안 노력한 결과 마침내 그 꿈을 이뤘습니다.
이렇게 탄생한 애니메이션 〈곰돌이 푸〉는 원작이 가지고 있는 소박하
면서도 운치 있는 분위기를 그대로 전하고 있습니다.

그리고 그 뒤로 디즈니 속 푸는 느긋한 성격에 꿀을 아주 좋아하는 먹
보 캐릭터로, 전 세계 수많은 어린이들에게 사랑받아 왔습니다. 푸가
오랜 세월 동안 전 세계인들의 사랑을 받아온 이유는 단지 귀여워서
만은 아닙니다. 친구에게 곤란한 일이 생기면, 푸는 언제든 위험을 무
릅쓰고 달려가 도와줍니다. 그런 용감한 면모가 있는가 하면, 철학적
이고 감동적인 말도 많이 합니다. 표면적인 문제 해결에 그치지 않고
현상의 진리와 본질을 꿰뚫는 푸의 모습을 볼 때면, 그저 어리숙한 먹
보 캐릭터가 아니라 심오한 뜻을 담고 있는 캐릭터로 다시 보이기도
합니다. 푸의 솔직하고 단순한 성격은 오히려 우리가 가져야 할 삶의
자세가 무엇인지 명확하게 알려줍니다.

"아무것도 하지 않는 일을 하고 있는 거야."
"기분이 우울해질 것 같아도 걱정하지 마.
그냥 배고픈 걸지도 몰라."

푸의 순박하면서도 철학적인 대사는 아이들뿐만 아니라 어른들에게도 감동을 줍니다. 푸가 자신이 아무것도 모른다는 사실, 즉 '무지(無知)의 지(知)'라는 철학적인 개념도 이해하고 있는 것을 보면 어쩌면 현인이 아닐까 하는 생각마저 듭니다.

공자가 제자들에게 그의 도덕적 사상과 삶의 지혜를 훌륭하게 가르친 것처럼 푸 역시 현상의 진리와 본질을 있는 그대로 친구들에게 전하고 있습니다. 그것은 직접적인 정답이 아니지만 진심 어린 말로 우리가 어떻게 살아가야 하는지 생각해보게 해줍니다.

푸와 공자의 진심에서 우러나온 메시지가 당신의 마음에도 닿기를 바랍니다.

서두르지 마.

Don't rush.

생각, 생각, 생각할 시간을 갖자

Take the time to think, think, think.

옮긴이 정은희

고려대학교에서 영어영문학과를 졸업 후 일본어의 매력에 빠져 일본어로 된 책을 읽으며 번역가의 꿈
을 키웠다. 이후 글밥아카데미 번역자 과정을 수료했으며, 현재 바른번역에서 전문 번역가로 활동 중
이다. 옮긴 책으로는 《위대한 직장인은 어떻게 성장하는가》, 《하버드 행복 수업》, 《왜 자꾸 그녀에게
시선이 갈까?》, 《하루 3줄 영어 일기》 등이 있다.

곰돌이 푸, 서두르지 않아도 괜찮아

1판 1쇄 발행 2018년 5월 8일
1판 20쇄 발행 2023년 11월 23일

원작 곰돌이 푸
옮긴이 정은희

발행인 양원석
펴낸 곳 ㈜알에이치코리아
주소 서울시 금천구 가산디지털2로 53, 20층(가산동, 한라시그마밸리)
편집문의 02-6443-8842   **도서문의** 02-6443-8800
홈페이지 http://rhk.co.kr   **등록** 2004년 1월 15일 제2-3726호

ISBN 987-89-255-6336-7 (03800)